W0237360

Wer erinnert sich nicht an den kleinen Muck seiner Kindheit? An die zu großen, aber geschwinden Pantoffeln? An das Schätze findende Stäblein mit dem Löwenknauf? An die neidischen Hofschranzen? An die köstlich reifen Feigen, deren Verzehr den Essern riesige Ohren und überdimensionierte Nasen bescherte? *Die Geschichte von dem kleinen Muck*, erstmals 1825 im *Maehrchen-Almanach auf das Jahr 1826, für Söhne und Töchter gebildeter Stände* erschienen, hat von seiner Anziehungskraft bis heute nichts eingebüßt. Noch immer berührt die Geschichte von dem armen und irgendwie grotesken Kleinen, die Suche des Schwachen nach Glück. Und noch immer bezaubert Wilhelm Hauffs Märchenkunst, die das Phantastische und das Alltägliche miteinander verwebt.

Fritz Fischer hat die *Geschichte von dem kleinen Muck* ins Bild gebracht; seine Illustrationen werden in dieser Ausgabe erstmals publiziert.

insel taschenbuch 2867

Wilhelm Hauff

Die Geschichte von dem kleinen Muck

Wilhelm Hauff

Die Geschichte von dem kleinen Muck

Mit Illustrationen
von Fritz Fischer
und einem Nachwort
von Ludwig Harig

Insel Verlag

insel taschenbuch 2867
Originalausgabe
Erste Auflage 2002
© Insel Verlag Frankfurt am Main und Leipzig 2002
Alle Rechte vorbehalten, insbesondere das der Übersetzung,
des öffentlichen Vortrags sowie der Übertragung
durch Rundfunk und Fernsehen, auch einzelner Teile.
Kein Teil des Werkes darf in irgendeiner Form
(durch Fotografie, Mikrofilm oder andere Verfahren)
ohne schriftliche Genehmigung des Verlages reproduziert
oder unter Verwendung elektronischer Systeme
verarbeitet, vervielfältigt oder verbreitet werden.
Vertrieb durch den Suhrkamp Taschenbuch Verlag
Umschlag nach Entwürfen von Willy Fleckhaus
Druck: Memminger MedienCentrum AG
Printed in Germany

1 2 3 4 5 6 – 07 06 05 04 03 02

Die Geschichte von dem kleinen Muck

In Nicea, meiner lieben Vaterstadt, wohnte ein Mann, den man den kleinen Muck hieß. Ich kann mir ihn, ob ich gleich damals noch sehr jung war, noch recht wohl denken, besonders weil ich einmal von meinem Vater wegen seiner halb tot geprügelt wurde. Der kleine Muck nämlich war schon ein alter Geselle, als ich ihn kannte; doch war er nur drei bis vier Schuh hoch, dabei hatte er eine sonderbare Gestalt, denn sein Leib, so klein und zierlich er war, mußte einen Kopf tragen, viel größer und dicker als der Kopf anderer Leute; er wohnte ganz allein in einem großen Haus und kochte sich sogar selbst; auch hätte man in der Stadt nicht gewußt, ob er lebe oder gestorben sei, denn er ging nur alle vier Wochen einmal aus, wenn nicht um die Mittagsstunde ein mächtiger Dampf aus dem Hause aufgestiegen wäre; doch sah man ihn oft abends auf seinem Dache auf- und abgehen, von der Straße aus glaubte man aber, nur sein großer Kopf allein laufe auf dem Dache umher. Ich und meine Kameraden waren böse Buben, die jedermann gerne neckten und belachten; daher war es uns allemal ein Festtag, wenn der kleine Muck ausging. Wir versammelten uns an dem bestimmten Tage vor seinem Haus und warteten, bis er herauskam. Wenn dann die Türe aufging und zuerst der große Kopf mit dem noch größeren Turban herausguckte, wenn das übrige Körperlein nachfolgte, angetan mit einem abgeschabten Mäntelein, weiten Beinkleidern und einem breiten Gürtel, an welchem ein langer Dolch hing, so lang, daß man nicht wußte, ob Muck an dem Dolch oder der Dolch an Muck stak; wenn er so heraustrat, da ertönte die Luft von unserem Freudengeschrei, wir warfen unsere Mützen in die Höhe und tanzten wie toll um ihn her. Der kleine Muck aber grüßte uns mit ernsthaftem Kopfnicken und ging mit langsamen Schritten die Straße hinab; dabei schlurfte er mit den Füßen, denn er hatte große, weite Pantoffeln an, wie ich sie noch nie gesehen. Wir Knaben liefen hinter ihm her und schrieen

immer: »Kleiner Muck, kleiner Muck!« Auch hatten wir ein lustiges Verslein, das wir ihm zu Ehren hie und da sangen; es hieß:

»Kleiner Muck, kleiner Muck,
Wohnst in einem großen Haus,
Gehst nur all' vier Wochen aus,
Bist ein braver, kleiner Zwerg,
Hast ein Köpflein wie ein Berg;
Schau' dich einmal um und guck',
Lauf' und fang' uns, kleiner Muck!«

So hatten wir schon oft unser Kurzweil getrieben und, zu meiner Schande muß ich es gestehen, ich trieb's am ärgsten, denn ich zupfte ihn oft am Mäntelein, und einmal trat ich ihm auch von hinten auf die großen Pantoffel, daß er hinfiel. Dies kam mir nun höchst lächerlich vor; aber das Lachen verging mir, als ich den kleinen Muck auf meines Vaters Haus zugehen sah. Er ging richtig hinein und blieb einige Zeit dort. Ich versteckte mich an der Haustüre und sah den Muck wieder herauskommen, von meinem Vater begleitet, der ihn ehrerbietig an der Hand hielt und an der Türe unter vielen Bücklingen sich von ihm verabschiedete. Mir war gar nicht wohl zu Mut; ich blieb daher lange in meinem Versteck; endlich aber trieb mich der Hunger, den ich ärger fürchtete als Schläge, heraus, und demütig und mit gesenktem Kopf trat ich vor meinen Vater. »Du hast, wie ich höre, den guten Muck geschimpft?« sprach er in sehr ernstem Tone. »Ich will dir die Geschichte dieses Muck erzählen, und du wirst ihn gewiß nicht mehr auslachen; vor- und nachher aber bekommst du das *Gewöhnliche*.« Das Gewöhnliche aber waren fünfundzwanzig Hiebe, die er nur allzu richtig aufzuzählen pflegte. Er nahm daher sein langes Pfeifenrohr, schraubte die Bernsteinmundspitze ab und bearbeitete mich ärger als je zuvor.

Als die fünfundzwanzig voll waren, befahl er mir, aufzumerken, und erzählte mir von dem *kleinen Muck*:

Der Vater des kleinen Muck, der eigentlich Mukrah heißt, war ein angesehener, aber armer Mann hier in Nicea. Er lebte beinahe so einsiedlerisch als jetzt sein Sohn. Diesen konnte er nicht wohl leiden, weil er sich seiner Zwerggestalt schämte, und ließ ihn daher auch in Unwissenheit aufwachsen. Der kleine Muck war noch in seinem sechzehnten Jahr ein lustiges Kind, und der Vater, ein ernster Mann, tadelte ihn immer, daß er, der schon längst die Kinderschuhe zertreten haben sollte, noch so dumm und läppisch sei.

Der Alte tat aber einmal einen bösen Fall, an welchem er auch starb und den kleinen Muck arm und unwissend zurückließ. Die harten Verwandten, denen der Verstorbene mehr schuldig war, als er bezahlen konnte, jagten den armen Kleinen aus dem Hause und rieten ihm, in die Welt hinaus zu gehen und sein Glück zu suchen. Der kleine Muck antwortete, er sei schon reisefertig, bat sich aber nur noch den Anzug seines Vaters aus, und dieser wurde ihm auch bewilligt. Sein Vater war ein großer, starker Mann gewesen, daher paßten die Kleider nicht. Muck aber wußte bald Rat; er schnitt ab, was zu lang war, und zog dann die Kleider an. Er schien aber vergessen zu haben, daß er auch in der Weite davon schneiden müsse, daher sein sonderbarer Aufzug, wie er noch heute zu sehen ist; der große Turban, der breite Gürtel, die weiten Hosen, das blaue Mäntelein, alles dies sind Erbstücke seines Vaters, die er seitdem getragen; den langen Damaszenerdolch seines Vaters aber steckte er in den Gürtel, ergriff ein Stöcklein und wanderte zum Tor hinaus.

Fröhlich wanderte er den ganzen Tag, denn er war ja ausgezogen, um sein Glück zu suchen; wenn er einen Scherben auf der Erde im Sonnenschein glänzen sah, so steckte er ihn gewiß zu sich, im Glauben, daß er sich in den schönsten Diamant verwandeln werde. Sah er in der Ferne die Kuppel einer Moschee wie Feuer strahlen, sah er einen See wie einen Spiegel blinken, so eilte er voll Freude

darauf zu, denn er gedachte in einem Zauberland angekommen zu sein. Aber ach! Jene Trugbilder verschwanden in der Nähe, und nur allzubald erinnerte ihn seine Müdigkeit und sein vor Hunger knurrender Magen, daß er noch im Lande der Sterblichen sich befinde. So war er zwei Tage gereist unter Hunger und Kummer und verzweifelte, sein Glück zu finden; die Früchte des Feldes waren seine einzige Nahrung, die harte Erde sein Nachtlager. Am Morgen des dritten Tages erblickte er von einer Anhöhe eine große Stadt. Hell leuchtete der Halbmond auf ihren Zinnen, bunte Fahnen schimmerten auf den Dächern und schienen den kleinen Muck zu sich herzuwinken. Überrascht stand er stille und betrachtete Stadt und Gegend. ›Ja, dort wird Klein-Muck sein Glück finden‹, sprach er zu sich und machte trotz seiner Müdigkeit einen Luftsprung, ›*dort oder nirgends*‹. Er raffte alle seine Kräfte zusammen und schritt auf die Stadt zu. Aber obgleich sie ganz nahe schien, konnte er sie doch erst gegen Mittag erreichen, denn seine kleinen Glieder versagten ihm beinahe gänzlich ihren Dienst, und er mußte sich oft in den Schatten einer Palme setzen, um auszuruhen. Endlich war er an dem Tor der Stadt angelangt. Er legte sein Mäntelein zurecht, band den Turban schöner um, zog den Gürtel noch breiter an und steckte den langen Dolch schiefer; dann wischte er den Staub von den Schuhen, ergriff sein Stöcklein und ging mutig zum Tor hinein.

Er war schon einige Straßen durchwandert; aber nirgends öffnete sich eine Türe, nirgends rief man, wie er sich vorgestellt hatte: »Kleiner Muck, komm' herein und iß und trink' und laß deine Füßlein ausruhen!«

Er schaute gerade auch wieder recht sehnsüchtig an einem großen schönen Haus hinauf; da öffnete sich ein Fenster, eine alte Frau schaute heraus und rief mit singender Stimme:

»Herbei, herbei!
Gekocht ist der Brei,
Den Tisch ließ ich decken,
Drum laßt es euch schmecken!
Ihr Nachbarn, herbei!
Gekocht ist der Brei.«

Die Türe des Hauses öffnete sich, und Muck sah viele Hunde und Katzen hineingehen. Er stand einige Augenblicke im Zweifel, ob er der Einladung folgen solle; endlich aber faßte er sich ein Herz und ging in das Haus. Vor ihm her gingen ein paar

junge Kätzlein, und er beschloß, ihnen zu folgen, weil sie vielleicht die Küche besser wüßten als er.

Als Muck die Treppe hinaufgestiegen war, begegnete er jener alten Frau, die zum Fenster herausgeschaut hatte. Sie sah ihn mürrisch an und fragte nach seinem Begehr. »Du hast ja jedermann zu deinem Brei eingeladen«, antwortete der kleine Muck, »und weil ich so gar hungrig bin, bin ich auch gekommen.« Die Alte lachte laut und sprach: »Woher kommst du denn, wunderlicher Gesell? Die ganze Stadt weiß, daß ich für niemand koche als für meine lieben Katzen, und hie und da lade ich ihnen Gesellschaft aus der Nachbarschaft ein, wie du siehest.« Der kleine Muck erzählte der alten Frau, wie es ihm nach seines Vaters Tod so hart ergangen sei, und bat sie, ihn heute mit ihren Katzen speisen zu lassen. Die Frau, welcher die treuherzige Erzählung des Kleinen wohl gefiel, erlaubte ihm, ihr Gast zu sein, und gab ihm reichlich zu essen und zu trinken. Als er gesättigt und gestärkt war, betrachtete ihn die Frau lange und sagte dann: »Kleiner Muck, bleibe bei mir in meinem

Dienste! Du hast geringe Mühe und sollst gut gehalten sein.« Der kleine Muck, dem der Katzenbrei geschmeckt hatte, willigte ein und wurde also der Bediente der Frau Ahavzi. Er hatte einen leichten, aber sonderbaren Dienst. Frau Ahavzi hatte nämlich zwei Kater und vier Katzen; diesen mußte der kleine Muck alle Morgen den Pelz kämmen und mit köstlichen Salben einreiben; wenn die Frau ausging, mußte er auf die Katzen Achtung geben; wenn sie aßen, mußte er ihnen die Schüsseln vorlegen, und nachts mußte er sie auf seidene Polster legen und sie mit samtenen Dekken einhüllen. Auch waren noch einige kleine Hunde im Haus, die er bedienen mußte; doch wurden mit diesen nicht so viele Umstände gemacht wie mit den Katzen, welche Frau Ahavzi wie ihre eigenen Kinder hielt. Übrigens führte Muck ein so einsames Leben wie in seines Vaters Haus, denn außer der Frau sah er den ganzen Tag nur Hunde und Katzen. Eine Zeitlang ging es dem kleinen Muck ganz gut; er hatte immer zu essen und wenig zu arbeiten, und die alte Frau schien recht zufrieden mit ihm zu sein; aber nach und nach wurden die Katzen unartig; wenn die Alte ausgegangen war, sprangen sie wie besessen in den Zimmern umher, warfen alles durcheinander und zerbrachen manches schöne Geschirr, das ihnen im Weg stand. Wenn sie aber die Frau die Treppe heraufkommen hörten, verkrochen sie sich auf ihre Polster und wedelten ihr mit den Schwänzen entgegen, wie wenn nichts geschehen wäre. Die Frau Ahavzi geriet dann in Zorn, wenn sie ihre Zimmer so verwüstet sah, und schob alles auf Muck; er mochte seine Unschuld beteuern, wie er wollte, sie glaubte ihren Katzen, die so unschuldig aussahen, mehr als ihrem Diener.

Der kleine Muck war sehr traurig, daß er also

auch hier sein Glück nicht gefunden habe, und beschloß bei sich, den Dienst der Frau Ahavzi zu verlassen. Da er aber auf seiner ersten Reise erfahren hatte, wie schlecht man ohne Geld lebt, so beschloß er, den Lohn, den ihm seine Gebieterin immer versprochen, aber nie gegeben hatte, sich auf irgendeine Art zu verschaffen. Es befand sich in dem Hause der Frau Ahavzi ein Zimmer, das immer verschlossen war, und dessen Inneres er nie gesehen hatte. Doch hatte er die Frau oft darin rumoren gehört, und er hätte oft für sein Leben gern gewußt, was sie dort versteckt habe. Als er nun an sein Reisegeld dachte, fiel ihm ein, daß dort die Schätze der Frau versteckt sein könnten. Aber immer war die Türe fest verschlossen, und er konnte daher den Schätzen nie beikommen.

Eines Morgens, als die Frau Ahavzi ausgegangen war, zupfte ihn eines der Hundlein, welches von der Frau immer sehr stiefmütterlich behandelt wurde, dessen Gunst er sich aber durch allerlei Liebesdienste in hohem Grade erworben hatte, an seinen weiten Beinkleidern und gebärdete sich dabei, wie wenn Muck ihm folgen sollte. Muck, welcher gerne mit den Hunden spielte, folgte ihm, und siehe da, das Hundlein führte ihn in die Schlaf-

kammer der Frau Ahavzi vor eine kleine Türe, die er nie zuvor dort bemerkt hatte; die Türe war halb offen. Das Hundlein ging hinein, und Muck folgte ihm, und wie freudig war er überrascht, als er sah, daß er sich in dem Gemach befinde, das schon lange das Ziel seiner Wünsche war. Er spähte überall umher, ob er kein Geld finden könnte, fand aber nichts. Nur alte Kleider und wunderlich geformte Geschirre standen umher. Eines dieser Geschirre zog seine besondere Aufmerksamkeit auf sich. Es war von Kristall, und schöne Figuren waren darauf ausgeschnitten. Er hob es auf und drehte es nach allen Seiten. Aber, o Schrecken! Er hatte nicht bemerkt, daß es einen Deckel hatte, der nur leicht darauf hingesetzt war. Der Deckel fiel herab und zerbrach in tausend Stücken.

Lange stand der kleine Muck vor Schrecken leblos. Jetzt war sein Schicksal entschieden, jetzt mußte er entfliehen, sonst schlug ihn die Alte tot. Sogleich war auch seine Reise beschlossen, und nur noch einmal wollte er sich umschauen, ob er nichts von den Habseligkeiten der Frau Ahavzi zu seinem Marsch brauchen könnte. Da fielen ihm ein Paar mächtig große Pantoffel ins Auge; sie waren zwar nicht schön, aber seine eigenen konnten keine Reise mehr mitmachen; auch zogen ihn jene wegen ihrer Größe an, denn hatte er diese am Fuß, so mußten ihm hoffentlich alle Leute ansehen, daß er die Kinderschuhe vertreten habe. Er zog also schnell seine Töffelein aus und fuhr in die großen hinein. Ein Spazierstöcklein mit einem schön geschnittenen Löwenkopf schien ihm auch hier allzu müßig in der Ecke zu stehen; er nahm es also mit und eilte zum Zimmer hinaus. Schnell

ging er jetzt auf seine Kammer, zog sein Mäntelein an, setzte den väterlichen Turban auf, steckte den Dolch in den Gürtel und lief, so schnell ihn seine Füße trugen, zum Haus und zur Stadt hinaus. Vor der Stadt lief er, aus Angst vor der Alten, immer weiter fort, bis er vor Müdigkeit beinahe nicht mehr konnte. So schnell war er in seinem ganzen Leben nicht gegangen, ja, es schien ihm, als könne er gar nicht aufhören zu rennen, denn eine unsichtbare Gewalt schien ihn fortzureißen. Endlich bemerkte er, daß es mit den Pantoffeln eine eigene Bewandtnis haben müsse, denn diese schossen immer fort und führten ihn mit sich. Er versuchte auf allerlei Weise stillzustehen; aber es wollte nicht gelingen; da rief er in der höchsten Not, wie man den Pferden zuruft, sich selbst zu: »Oh – oh, halt, oh!« Da hielten die Pantoffeln, und Muck warf sich erschöpft auf die Erde nieder.

Die Pantoffeln freuten ihn ungemein. So hatte er sich denn doch durch seine Dienste etwas erworben, das ihm in der Welt, auf seinem Weg, das Glück zu suchen, forthelfen konnte. Er schlief trotz seiner Freude vor Erschöpfung ein, denn das Körperlein des kleinen Muck, das einen so schweren Kopf zu tragen hatte, konnte nicht viel aushalten. Im Traum erschien ihm das Hundlein, welches ihm im Hause der Frau Ahavzi zu den Pantoffeln verholfen hatte, und sprach zu ihm: »Lieber Muck, du verstehst den Gebrauch der Pantoffeln noch nicht recht; wisse, daß wenn du dich in ihnen dreimal auf dem Absatz herumdrehst, so kannst du hinfliegen, wohin du nur willst, und mit dem Stöcklein kannst du Schätze finden, denn wo Gold vergraben ist, da wird es dreimal auf die Erde schlagen, bei Silber zweimal.« So träumte der kleine Muck. Als er aber aufwachte, dachte er über den wunderbaren Traum nach und beschloß, alsbald einen Versuch zu machen. Er zog die Pantoffeln an, lupfte einen Fuß und begann sich auf dem Absatz umzudrehen. Wer es aber jemals versucht hat, in einem ungeheuer weiten Pantoffel dieses Kunststück dreimal hintereinander zu machen, der wird sich nicht wundern, wenn es dem kleinen Muck nicht gleich glückte, besonders wenn man

bedenkt, daß ihn sein schwerer Kopf bald auf diese, bald auf jene Seite hinüberzog.

Der arme Kleine fiel einigemal tüchtig auf die Nase; doch ließ er sich nicht abschrecken, den Versuch zu wiederholen, und endlich glückte es. Wie ein Rad fuhr er auf seinem Absatz herum, wünschte sich in die nächste große Stadt, und – die Pantoffeln ruderten hinauf in die Lüfte, liefen mit Windeseile durch die Wolken, und ehe sich der kleine Muck noch besinnen konnte, wie ihm geschah, befand er sich schon auf einem großen Marktplatz, wo viele Buden aufgeschlagen waren und unzählige Menschen geschäftig hin und her liefen. Er ging unter den Leuten hin und her, hielt es aber bald für ratsamer, sich in eine einsamere Straße zu begeben, denn auf dem Markt trat ihm bald da einer auf die Pantoffel, daß er beinahe umfiel, bald stieß er mit seinem weit hinausstehenden Dolch einen oder den andern an, daß er mit Mühe den Schlägen entging.

Der kleine Muck bedachte nun ernstlich, was er wohl anfangen könnte, um sich ein Stück Geld zu verdienen. Er hatte zwar ein Stäblein, das ihm verborgene Schätze anzeigte; aber wo sollte er gleich einen Platz finden, wo Gold oder Silber vergraben wäre? Auch hätte er sich zur Not für Geld sehen lassen können; aber dazu war er doch zu stolz.

Endlich fiel ihm die Schnelligkeit seiner Füße ein. Vielleicht, dachte er, können mir meine Pantoffel Unterhalt gewähren, und er beschloß, sich als Schnelläufer zu verdingen. Da er aber hoffen durfte, daß der König dieser Stadt solche Dienste am besten bezahle, so erfragte er den Palast. Unter dem Tor des Palastes stand eine Wache, die ihn fragte, was er hier zu suchen habe? Auf seine Antwort, daß er einen Dienst suche, wies man ihn zum Aufseher der Sklaven. Diesem trug er sein Anliegen vor und bat ihn, ihm einen Dienst unter

den königlichen Boten zu besorgen. Der Aufseher maß ihn mit seinen Augen von Kopf bis zu den Füßen und sprach: »Wie, mit deinen Füßlein, die kaum so lang als eine Spanne sind, willst du königlicher Schnelläufer werden? Hebe dich weg! Ich bin nicht dazu da, mit jedem Narren Kurzweil zu machen.« Der kleine Muck versicherte ihn aber, daß es ihm vollkommen ernst sei mit seinem Antrag und daß er es mit dem Schnellsten auf eine Wette ankommen lassen wollte. Dem Aufseher kam die Sache gar lächerlich vor. Er befahl ihm, sich bis auf den Abend zu einem Wettlauf bereit zu halten, führte ihn in die Küche und sorgte dafür, daß ihm gehörig Speis' und Trank gereicht wurde. Er selbst aber begab sich zum König und erzählte ihm vom kleinen Muck und seinem Anerbieten. Der König war ein lustiger Herr; daher gefiel es ihm wohl, daß der Aufseher der Sklaven den kleinen Muck zu einem Spaß behalten habe. Er befahl ihm, auf einer großen Wiese hinter dem Schloß Anstalten zu treffen, daß das Wettlaufen mit Bequemlichkeit von seinem ganzen Hofstaat könnte gesehen werden, und empfahl ihm nochmals, große Sorgfalt für den Zwerg zu haben. Der König erzählte seinen Prinzen und Prinzessinnen, was sie diesen Abend für ein Schauspiel haben werden; diese erzählten es wieder ihren Dienern, und als der Abend herankam, war man in gespannter Erwartung, und alles, was Füße hatte, strömte hinaus auf die Wiese, wo Gerüste aufgeschlagen waren, um den großsprecherischen Zwerg laufen zu sehen.

Als der König und seine Söhne und Töchter auf dem Gerüst Platz genommen hatten, trat der kleine Muck heraus auf die Wiese und machte vor den hohen Herrschaften eine überaus zierliche Verbeugung. Ein allgemeines Freudengeschrei ertönte, als man den Kleinen ansichtig wurde; eine solche Figur hatte man dort noch nie gesehen. Das Körperlein mit dem mächtigen Kopf, das Mäntelein und die weiten Beinkleider, der lange Dolch in dem breiten Gürtel, die kleinen Füßlein in den weiten Pantoffeln – nein! es war zu drollig anzusehen, als daß man nicht hätte laut lachen sollen. Der kleine Muck ließ sich aber durch das Gelächter nicht irre machen. Er stellte sich stolz, auf sein Stöcklein gestützt, hin und erwartete seinen Gegner. Der Aufseher der Sklaven hatte nach Mucks eigenem Wunsche den besten Läufer ausgesucht. Dieser trat nun heraus, stellte sich neben den Klei-

nen, und beide harrten auf das Zeichen. Da winkte die Prinzessin Amarza, wie es ausgemacht war, mit ihrem Schleier, und wie zwei Pfeile, auf dasselbe Ziel abgeschossen, flogen die beiden Wettläufer über die Wiese hin.

Von Anfang hatte Mucks Gegner einen bedeutenden Vorsprung; aber dieser jagte ihm auf seinem Pantoffelfuhrwerk nach, holte ihn ein, überfing ihn und stand längst am Ziele, als jener noch, nach Luft schnappend, daherlief. Verwunderung und Staunen fesselte einige Augenblicke die Zuschauer; als aber der König zuerst in die Hände klatschte, da jauchzte die Menge, und alle riefen: »Hoch lebe der kleine Muck, der Sieger im Wettlauf!«

Man hatte indes den kleinen Muck herbeigebracht; er warf sich vor dem König nieder und sprach: »Großmächtigster König, ich habe dir hier nur eine kleine Probe meiner Kunst gegeben; wolle nur gestatten, daß man mir eine Stelle unter deinen Läufern gebe!« Der König aber antwortete ihm: »Nein, du sollst mein Leibläufer und immer um meine Person sein, lieber Muck, jährlich sollst du hundert Goldstücke erhalten als Lohn, und an der Tafel meiner ersten Diener sollst du speisen.«

So glaubte denn Muck, endlich das Glück gefunden zu haben, das er so lange suchte, und war fröhlich und wohlgemut in seinem Herzen. Auch erfreute er sich der besonderen Gnade des

Königs, denn dieser gebrauchte ihn zu seinen schnellsten und geheimsten Sendungen, die er dann mit der größten Genauigkeit und mit unbegreiflicher Schnelle besorgte.

Aber die übrigen Diener des Königs waren ihm gar nicht zugetan, weil sie sich ungern durch einen Zwerg, der nichts verstand als schnell zu laufen, in der Gunst ihres Herren zurückgesetzt sahen. Sie veranstalteten daher manche Verschwörung gegen ihn, um ihn zu stürzen; aber alle schlugen fehl an dem großen Zutrauen, das der König in seinen geheimen Oberleibläufer (denn zu dieser Würde hatte er es in so kurzer Zeit gebracht) setzte.

Muck, dem diese Bewegungen gegen ihn nicht entgingen, sann nicht auf Rache, dazu hatte er ein zu gutes Herz, nein, auf Mittel dachte er, sich bei seinen Feinden notwendig und beliebt zu machen, da fiel ihm sein Stäblein, das er in seinem Glück außer acht gelassen hatte, ein; wenn er Schätze finde, dachte er, werden ihm die Herren schon geneigter werden. Er hatte schon oft gehört, daß der Vater des jetzigen Königs viele seiner Schätze vergraben habe, als der Feind sein Land überfallen; man sagte auch, er sei darüber gestorben, ohne daß er sein Geheimnis habe seinem Sohn mitteilen können. Von nun an nahm Muck immer sein Stäblein mit, in der Hoffnung, einmal an einem Ort vorüberzugehen, wo das Gold des alten Königs vergraben sei. Eines Abends führte ihn der Zufall in einen entlegenen Teil des Schloßgartens, den er wenig besuchte, und plötzlich fühlt er das Stäblein in seiner Hand zucken, und dreimal schlug es gegen den Boden. Nun wußte er schon, was dies zu bedeuten hatte. Er zog daher seinen Dolch heraus, machte Zeichen in die umstehenden Bäume und schlich sich wieder in das Schloß; dort verschaffte er sich einen Spaten und wartete die Nacht zu seinem Unternehmen ab.

Das Schatzgraben selbst machte übrigens dem kleinen Muck mehr zu schaffen, als er geglaubt hatte. Seine Arme waren gar schwach, sein Spaten aber groß und schwer; und er mochte wohl schon zwei Stunden gearbeitet haben, ehe er ein paar Fuß tief gegraben hatte. Endlich stieß er auf etwas

Hartes, das wie Eisen klang. Er grub jetzt emsiger, und bald hatte er einen großen eisernen Deckel zu Tage gefördert; er stieg selbst in die Grube hinab, um nachzuspähen, was wohl der Deckel könnte bedeckt haben, und fand richtig einen großen Topf mit Goldstücken angefüllt. Aber seine schwachen Kräfte reichten nicht hin, den Topf zu heben; daher steckte er in seine Beinkleider und seinen Gürtel, soviel er zu tragen vermochte, und auch sein Mäntelein füllte er damit, bedeckte das übrige wieder sorgfältig und lud es auf den Rücken. Aber wahrlich, wenn er die Pantoffel nicht an den Füßen gehabt hätte, er wäre nicht vom Fleck gekommen, so zog ihn die Last des Goldes nieder. Doch unbemerkt kam er bis auf sein Zimmer und verwahrte dort sein Gold unter den Polstern seines Sofas.

Als der kleine Muck sich im Besitz so vielen Goldes sah, glaubte er, das Blatt werde sich jetzt wenden, und er werde sich unter seinen Feinden am Hofe viele Gönner und warme Anhänger erwerben. Aber schon daran konnte man erkennen,

5300 +
200
00 1000 +
000

daß der gute Muck keine gar sorgfältige Erziehung genossen haben mußte, sonst hätte er sich wohl nicht einbilden können, durch Gold wahre Freunde zu gewinnen. Ach, daß er damals seine Pantoffel geschmiert und sich mit seinem Mäntelein voll Gold aus dem Staub gemacht hätte!

Das Gold, das der kleine Muck von jetzt an mit vollen Händen austeilte, erweckte den Neid der übrigen Hofbedienten. Der Küchenmeister Ahuli sagte: »Er ist ein Falschmünzer.« Der Sklavenaufseher Achmet sagte: »Er hat's dem König abgeschwatzt.« Archaz, der Schatzmeister aber, sein ärgster Feind, der selbst hie und da einen Griff in des Königs Kasse tun mochte, sagte geradezu: »Er hat's gestohlen.« Um nun ihrer Sache gewiß zu sein, verabredeten sie sich, und der Obermundschenk Korchuz stellte sich eines Tages recht traurig und niedergeschlagen vor den Augen des Königs. Er machte seine traurigen Gebärden so auffallend, daß ihn der König fragte, was ihm fehle. »Ach«, antwortete er, »ich bin traurig, daß ich die Gnade meines Herrn verloren habe.« »Was fabelst du, Freund Korchuz?« entgegnete ihm der König. »Seit wann hätte ich die Sonne meiner Gnade nicht über dich leuchten lassen?« Der Obermundschenk antwortete ihm, daß er ja den geheimen Oberleibläufer mit Gold belade, seinen armen treuen Dienern aber nichts gebe.

Der König war sehr erstaunt über diese Nachricht, ließ sich die Goldausteilungen des kleinen Muck erzählen, und die Verschworenen brachten ihm leicht den Verdacht bei, daß Muck auf irgendeine Art das Geld aus der Schatzkammer gestohlen habe. Sehr lieb war diese Wendung der Sache dem Schatzmeister, der ohnehin nicht gerne Rechnung ablegte. Der König gab daher den Befehl, heimlich auf alle Schritte des kleinen Muck achtzugeben, um ihn womöglich auf der Tat zu ertappen. Als nun in der Nacht, die auf diesen Unglückstag folgte, der kleine Muck, da er durch seine Freigebigkeit seine Kasse sehr erschöpft sah, den Spaten nahm und in den Schloßgarten schlich, um dort von seinem geheimen Schatze neuen Vorrat zu holen, folgten ihm von weitem die

Wachen, von dem Küchenmeister Ahuli und Archaz, dem Schatzmeister, angeführt, und in dem Augenblick, da er das Gold aus dem Topf in sein Mäntelein legen wollte, fielen sie über ihn her, banden ihn und führten ihn sogleich vor den König. Dieser, den ohnehin die Unterbrechung seines Schlafes mürrisch gemacht hatte, empfing seinen armen geheimen Oberleibläufer sehr ungnädig und stellte sogleich das Verhör über ihn an. Man hatte den Topf vollends aus der Erde gegraben und mit dem Spaten und dem Mäntelein voll Gold vor die Füße des Königs gesetzt. Der Schatzmeister sagte aus, daß er mit seinen Wachen den Muck überrascht habe, wie er diesen Topf mit Gold gerade in die Erde gegraben habe.

Der König befragte hierauf den Angeklagten, ob es wahr sei, und woher er das Gold, das er vergraben, bekommen habe?

Der kleine Muck, im Gefühl seiner Unschuld, sagte aus, daß er diesen Topf im Garten entdeckt habe, daß er ihn habe nicht *ein*-, sondern *aus*graben wollen.

Alle Anwesenden lachten laut über diese Entschuldigung; der König aber, aufs höchste erzürnt über die vermeintliche Frechheit des Kleinen, rief aus: »Wie, Elender! Du willst deinen König so dumm und schändlich belügen, nachdem du ihn bestohlen hast? Schatzmeister Archaz! Ich fordre dich auf, zu sagen, ob du diese Summe Goldes für die nämliche erkennst, die in meinem Schatze fehlt?«

Der Schatzmeister aber antwortete, er sei seiner Sache ganz gewiß, so viel und noch mehr fehle seit einiger Zeit in dem königlichen Schatz, und er könne einen Eid darauf ablegen, daß dies das Gestohlene sei.

Da befahl der König, den kleinen Muck in enge Ketten zu legen und in den Turm zu führen; dem Schatzmeister aber übergab er das Gold, um es wieder in den Schatz zu tragen. Vergnügt über den glücklichen Ausgang der Sache, zog dieser ab und zählte zu Hause die blinkenden Goldstücke; aber das hat dieser schlechte Mann niemals angezeigt, daß unten in dem Topf ein Zettel lag, der sagte:

»Der Feind hat mein Land überschwemmt, daher verberge ich hier einen Teil meiner Schätze; wer es auch finden mag, den treffe der Fluch seines Königs, wenn er es nicht sogleich meinem Sohne ausliefert! *König Sadi.*«

Der kleine Muck stellte in seinem Kerker traurige Betrachtungen an; er wußte, daß auf Diebstahl an königlichen Sachen der Tod gesetzt war, und doch mochte er das Geheimnis mit dem Stäbchen dem König nicht verraten, weil er mit Recht fürchtete, dieses und seiner Pantoffel beraubt zu werden.

Seine Pantoffel konnten ihm leider auch keine Hülfe bringen, denn da er in engen Ketten an die Mauer geschlossen war, konnte er, sosehr er sich quälte, sich nicht auf dem Absatz umdrehen. Als ihm aber am andern Tage sein Tod angekündigt wurde, da gedachte er doch, es sei besser, ohne das Zauberstäbchen zu leben, als mit ihm zu sterben, ließ den König um geheimes Gehör bitten und entdeckte ihm das Geheimnis. Der König maß von Anfang seinem Geständnis keinen Glauben bei; aber der kleine Muck versprach eine Probe, wenn ihm der König zugestünde, daß er nicht getötet werden solle. Der König gab ihm sein Wort darauf und ließ, von Muck ungesehen, einiges Gold in die Erde graben und befahl diesem, mit seinem Stäbchen zu suchen. In wenigen Augenblicken hatte er es gefunden, denn das Stäbchen schlug deutlich dreimal auf die Erde. Da merkte der König, daß ihn sein Schatzmeister betrogen hatte, und sandte ihm, wie es im Morgenland gebräuchlich ist, *eine seidene Schnur*, damit er sich selbst erdroßle. Zum kleinen Muck aber sprach er: »Ich habe dir zwar dein Leben versprochen; aber es scheint mir, als ob du nicht nur allein dieses Geheimnis mit dem Stäbchen besitzest; darum bleibst du in ewiger Gefangenschaft, wenn du nicht gestehst, was für eine Bewandtnis es mit deinem Schnellaufen hat. Der kleine Muck, dem die einzige Nacht im Turm alle Lust zu längerer Gefangenschaft benommen hatte, bekannte, daß seine ganze Kunst in den Pantoffeln liege, doch lehrte er den König nicht das Geheimnis von dem dreimaligen Umdrehen auf dem Absatz. Der König schlüpfte selbst in die Pantoffel, um die Probe zu machen, und jagte wie unsinnig im Garten umher. Oft wollte er anhalten; aber er

wußte nicht, wie man die Pantoffel zum Stehen brachte, und der kleine Muck, der diese kleine Rache sich nicht versagen konnte, ließ ihn laufen, bis er ohnmächtig niederfiel.

Als der König wieder zur Besinnung zurückgekehrt war, war er schrecklich aufgebracht über den kleinen Muck, der ihn so ganz außer Atem hatte laufen lassen. »Ich habe dir mein Wort gegeben, dir Freiheit und Leben zu schenken; aber innerhalb zwölf Stunden mußt du mein Land verlassen haben, sonst lasse ich dich aufknüpfen!« Die Pantoffel und das Stäbchen aber ließ er in seine Schatzkammer legen.

So arm als je wanderte der kleine Muck zum Land hinaus, seine Torheit verwünschend, die ihm vorgespiegelt hatte, er könne eine bedeutende Rolle am Hofe spielen. Das Land, aus dem er gejagt wurde, war zum Glück nicht groß; daher war er

schon nach acht Stunden auf der Grenze, obgleich ihm das Gehen, da er an seine lieben Pantoffel gewöhnt war, sehr sauer ankam.

Als er über der Grenze war, verließ er die gewöhnliche Straße, um die dichteste Einöde der Wälder aufzusuchen und dort nur sich zu leben, denn er war allen Menschen gram. In einem dichten Walde traf er auf einen Platz, der ihm zu dem Entschluß, den er gefaßt hatte, ganz tauglich schien. Ein klarer Bach, von großen schattigen Feigenbäumen umgeben, ein weicher Rasen luden ihn ein; hier warf er sich nieder, mit dem Entschluß, keine Speise mehr zu sich zu nehmen, sondern hier den Tod zu erwarten. Über traurige Todesbetrachtungen schlief er ein. Als er aber wieder aufwachte und der Hunger ihn zu quälen anfing, bedachte er doch, daß der Hungertod eine gefährliche Sache sei, und sah sich um, ob er nirgends etwas zu essen bekommen könnte.

Köstliche reife Feigen hingen an dem Baume, unter welchem er geschlafen hatte; er stieg hinauf, um sich einige zu pflücken, ließ es sich trefflich schmecken und ging dann hinunter an den Bach, um seinen Durst zu löschen. Aber wie groß war sein Schrecken, als ihm das Wasser seinen Kopf mit zwei gewaltigen Ohren und einer dicken, langen Nase geschmückt zeigte! Bestürzt griff er mit den Händen nach den Ohren, und wirklich, sie waren über eine halbe Elle lang.

»Ich verdiene Eselsohren!« rief er aus. »Denn ich habe mein Glück wie ein Esel mit Füßen ge-

treten.« – Er wanderte nun unter den Bäumen umher, und als er wieder Hunger fühlte, mußte er noch einmal zu den Feigen seine Zuflucht nehmen, denn sonst fand er nichts Eßbares an den Bäumen. Als ihm über der zweiten Portion Feigen einfiel, ob wohl seine Ohren nicht unter seinem großen Turban Platz hätten, damit er doch nicht gar zu lächerlich aussehe, fühlte er, daß seine Ohren verschwunden seien. Er lief gleich an den Bach zurück, um sich davon zu überzeugen, und wirklich, es war so, seine Ohren hatten ihre vorige Gestalt, seine lange, unförmliche Nase war nicht mehr. Jetzt merkte er aber, wie dies gekommen war; von dem ersten Feigenbaum hatte er die lange Nase und Ohren bekommen, der zweite hatte ihn geheilt; freudig erkannte er, daß sein gütiges Geschick ihm noch einmal ein Mittel in die Hand gebe, glücklich zu sein. Er pflückte daher von jedem Baum, soviel er tragen konnte, und ging in das Land zurück, das er vor kurzem verlassen hatte. Dort machte er sich in dem ersten Städtchen durch andere Kleider ganz unkenntlich und

ging dann weiter auf die Stadt zu, die jener König bewohnte, und kam auch bald dort an.

Es war gerade zu einer Jahreszeit, wo reife Früchte noch ziemlich selten waren; der kleine Muck setzte sich daher unter das Tor des Palastes, denn ihm war von früherer Zeit her wohl bekannt, daß hier solche Seltenheiten von dem Küchenmeister für die königliche Tafel eingekauft wurden. Muck hatte noch nicht lange gesessen, als er den Küchenmeister über den Hof herüberschreiten sah. Er musterte die Waren der Verkäufer, die sich am Tor des Palastes eingefunden hatten; endlich fiel sein Blick auch auf Mucks Körbchen. »Ah, ein seltener Bissen«, sagte er, »der Ihro Majestät gewiß behagen wird. Was willst du für den ganzen Korb?« Der kleine Muck bestimmte einen mäßigen Preis, und sie waren bald des Handels einig. Der Küchenmeister übergab den Korb einem Sklaven und ging weiter; der kleine Muck aber machte sich einstweilen aus dem Staub, weil er befürchtete, wenn sich das Unglück an den Köpfen des Hofes zeige, möchte man ihn als Verkäufer aufsuchen und bestrafen.

Der König war über Tisch sehr heiter gestimmt und sagte seinem Küchenmeister einmal über das andere Lobsprüche wegen seiner guten Küche und der Sorgfalt, mit der er immer das Seltenste für ihn aussuche; der Küchenmeister aber, welcher wohl wußte, welchen Leckerbissen er noch im Hintergrund habe, schmunzelte gar freundlich und ließ nur einzelne Worte fallen, als: »Es ist erst noch nicht aller Tage Abend«, oder »Ende gut, alles gut«, so daß die Prinzessinnen sehr neugierig wurden, was er wohl noch bringen werde. Als er aber die schönen, einladenden Feigen aufsetzen ließ, da entfloh ein allgemeines Ah! dem Munde der Anwesenden. »Wie reif, wie appetitlich!« rief der König. »Küchenmeister, du bist ein ganzer Kerl und verdienst Unsere ganz besondere Gnade!« Also sprechend, teilte der König, der mit solchen Lekkerbissen sehr sparsam zu sein pflegte, mit eigener Hand die Feigen an seiner Tafel aus. Jeder Prinz und jede Prinzessin bekam zwei, die Hofdamen und die Wesire und Agas eine, die übrigen stellte er vor sich hin und begann mit großem Behagen sie zu verschlingen.

»Aber, lieber Gott, wie siehst du so wunderlich aus, Vater?« rief auf einmal die Prinzessin Amarza. Alle sahen den König erstaunt an; ungeheure Ohren hingen ihm am Kopf, eine lange Nase zog sich über sein Kinn herunter; auch sich selbst betrachteten sie untereinander mit Staunen und Schrekken; alle waren mehr oder minder mit dem sonderbaren Kopfputz geschmückt.

Man denke sich den Schrecken des Hofes! Man

schickte sogleich nach allen Ärzten der Stadt; sie kamen haufenweise, verordneten Pillen und Mixturen; aber die Ohren und die Nasen blieben. Man operierte einen der Prinzen; aber die Ohren wuchsen nach.

Muck hatte die ganze Geschichte in seinem Versteck, wohin er sich zurückgezogen hatte, gehört und erkannte, daß es jetzt Zeit sei, zu handeln. Er hatte sich schon vorher von dem aus den Feigen gelösten Geld einen Anzug verschafft, der ihn als Gelehrten darstellen konnte; ein langer Bart aus Ziegenhaaren vollendete die Täuschung. Mit einem Säckchen voller Feigen wanderte er in den Palast des Königs und bot als fremder Arzt seine Hilfe an. Man war von Anfang sehr ungläubig; als aber der kleine Muck eine Feige einem der Prinzen zu essen gab und Ohren und Nase dadurch in den alten Zustand zurückbrachte, da wollte alles von dem fremden Arzte geheilt sein. Aber der König nahm ihn schweigend bei der Hand und führte ihn in sein Gemach. Dort schloß er eine Türe auf, die in die Schatzkammer führte, und winkte Muck, ihm zu folgen. »Hier sind meine Schätze«, sprach der König, »wähle dir, was es auch sei, es soll dir gewährt werden, wenn du mich von diesem schmachvollen Übel befreist.« Das war süße Musik in des kleinen Mucks Ohren; er hatte gleich beim Eintritt seine Pantoffel auf dem Boden stehen sehen, gleich daneben lag

auch sein Stäbchen. Er ging nun umher in dem Saal, wie wenn er die Schätze des Königs bewundern wollte; kaum aber war er an seine Pantoffel gekommen, so schlüpfte er eilends hinein, ergriff sein Stäbchen, riß seinen falschen Bart herab und zeigte dem erstaunten König das wohlbekannte Gesicht seines verstoßenen Mucks. »Treuloser König«, sprach er, »der du treue Dienste mit Undank lohnst, nimm als wohlverdiente Strafe die Mißgestalt, die du trägst. Die Ohren laß ich dir zurück, damit sie dich täglich erinnern an den kleinen Muck.« Als er so gesprochen hatte, drehte er sich schnell auf dem Absatz herum, wünschte sich weit hinweg, und ehe noch der König um Hilfe rufen konnte, war der kleine Muck entflohen. Seitdem lebt der kleine Muck hier in großem Wohlstand, aber einsam, denn er verachtet die Menschen. Er ist durch Erfahrung ein weiser Mann geworden, welcher, wenn auch sein Äußeres etwas Auffallendes haben mag, deine Bewunderung mehr als deinen Spott verdient.

So erzählte mir mein Vater. Ich bezeugte ihm

meine Reue über mein rohes Betragen gegen den guten kleinen Mann, und mein Vater schenkte mir die andere Hälfte der Strafe, die er mir zugedacht hatte. Ich erzählte meinen Kameraden die wunderbaren Schicksale des Kleinen, und wir gewannen ihn so lieb, daß ihn keiner mehr schimpfte. Im Gegenteil, wir ehrten ihn, solange er lebte, und haben uns vor ihm immer so tief als vor Kadi und Mufti gebückt.

Ludwig Harig

Am Leitfaden des Leibs: Wilhelm Hauffs »Geschichte vom kleinen Muck«

In München, der Lieblingsstadt zahlreicher deutscher Schriftsteller, wohnt ein Freund von mir, den ich seiner vielseitigen Beschäftigungen wegen außerordentlich bewundere. Er heißt Konrad Balder Schäuffelen und ist Hersteller von Sprachspielzeugen. Nervenarzt im bürgerlichen Beruf, hat er schon in den fünfziger Jahren eine Therapie gegen die Normalität, jene anerzogene Krankheit des gesamten Empfindungs- und Wahrnehmungsapparats, entwickelt: das Spielen. Aus der Definition des Psychologen William Stern, der Mensch besitze Dispositionen, erlebe Phänomene und vollziehe Akte, ergebe sich eine folgenschwere Konsequenz: Wer aufgrund besonderer Anlagen ganz bestimmte Erscheinungen erlebe und entsprechend handele, es aber nicht spielerisch bewältigen könne, werde krank. Mein Interesse an der Theorie des Freundes war früh geweckt, bei unserer ersten Begegnung verabredeten wir ein Rendezvous zum Nachmittagskaffee in seiner Münchner Wohnung.

Am Telefon beschrieb er mir den Weg vom Hauptbahnhof zu der Straße und dem Haus, worin er wohnte, erzählte mir, daß Thomas Mann einst in diesem Haus residiert habe, ich aber nicht zu erschrecken brauche, wenn seine Haustür nicht der Eingang sei, durch den Thomas Mann das Haus betreten habe, sondern eine leicht zu verfehlende Seitentür, der sogenannte Dienstboteneingang, der nur ein paar Schritte vom breiten, unübersehbaren Hauptportal entfernt an der Hausecke liege. Doch was besonders verdrießlich sei: Dieser Dienstboteneingang, den er täglich ein paarmal benutze, sei so niedrig, daß er sich immer und immer wieder bücken müsse, um seine Wohnung zu erreichen. »Paß also auf«, sagte er, »stoß dir nicht den Kopf!«

Drei Tage später trat ich durch diese anrüchige Tür, kerzengeraden Körpers und erhobenen Hauptes: Der Querbalken streifte meinen Scheitel nicht einmal. So tief er auch einen Dienstboten in seiner Würde und meinen Freund in seinem Stolz verletzen mochte, mir galt er als Türsturz einer Ehrenpforte, die ja häufig auch mit Lorbeer geschmückt ist und nicht erniedrigt, sondern erhöht. Umstandslos zog ich den Nutzen aus meinem Körperwuchs, empfand die Tür angenehm breit und hoch, so daß ich beim Eintreten nicht einfach nur einen Fuß vor den anderen setzte: Ich schlenderte, ich tänzelte über die Schwelle, der spielerischen Theorie des Freundes alle Ehre erweisend. Ich gestehe, daß man ja nicht unbedingt so weit gehen muß, individuelle Folgerungen aus der personalistischen Philosophie zu ziehen, nur weil man etwas zu klein geraten ist, und, daraus eine Weltanschauung machend, sich eine Beglaubigung für sein Leben zurechtzuschustern. Dabei könnte man leicht den Boden unter den Füßen verlieren!

Ich kann William Sterns anregende Leib-Seele-Theorie hin- und herwälzen und von allen Seiten bedenken: Die erste Auseinandersetzung mit der Frage, welche Beziehungen zwischen Körperbeschaffenheit und Lebensbestimmung bestehen, reicht weit in meine Kindheit zurück und hat die späteren Auseinandersetzungen damit entscheidend geprägt. Ein kleiner Junge noch, sah ich in einer Broschüre, die Tante Else gehörte, das Brustbild eines Mannes mit einem viel zu großen Kopf. Ich erschrak, denn nie zuvor hatte ich einen solchen Kopf gesehen, der auf einem schmächtigen, ja klapperdürren Oberkörper saß. Das Bild erweckte den Anschein, der Mann müsse ein Zwerg sein.

»Das ist Goethe«, sagte Tante Else, »der größte deutsche Dichter.« Immer noch stand mir der Schreck ins Gesicht geschrieben, ich betrachtete den Kopf mit der fleischigen Nase und dem üppigen Mund, musterte die gelockten Haare und die Stirnglatze, unter der zwei dunkle Augen blitzten. »Du brauchst dich vor diesem Kopf nicht zu fürchten«, erklärte Tante Else, »ein Dichter braucht einen so großen Kopf, damit er Platz genug für seine vielen Gedanken hat.« Aber die Erklärung meiner Tante beruhigte mich nicht, ich ängstigte mich vor dieser Ungestalt. Der Unterkörper, den man auf dem Bild nicht sehen konnte, mußte so zwergenhaft sein, daß die Beine, gemessen an der kurzen

Brust, nicht viel größer als der Kopf sein konnten. O weh, fuhr es mir durchs Hirn, wenn die berühmten Dichter allesamt so mißgestaltet aussehen, dann wirst du eines Tages mit einem so kurzen Leib und einem so großen Kopf herumlaufen müssen wie Goethe! Denn, leidenschaftlicher Liebhaber der Märchen und poetischen Geschichten, hatte ich als Fünfjähriger, ohne überhaupt noch ein einziges Wort schreiben zu können, den sehnlichen Wunsch, Dichter zu werden. Hätte ich damals gewußt, daß Goethe in Wirklichkeit ein Sitzriese mit kurzen Beinen und überlangem Oberkörper war, ein Mann etwa meiner Statur, ich wäre für mein Leben erleichtert gewesen.

Wie so oft in meinem Leben hat mir ein Märchen weitergeholfen, die Geschichte von dem kleinen Muck. Ich erinnere mich ziemlich genau an den Tag, an dem Großvater mir die Geschichte erzählt hat. Das Märchenbuch mit den eingeklebten Zigarettenbildchen vor sich auf dem Tisch, saß er breitbeinig in der Küche, auf dem einen Knie mein Brüderchen, auf dem anderen mich. Da sah ich die sonderbare Gestalt vor mir stehen, mit einem Kopf, viel größer und dicker als der Kopf anderer Leute, ein alter Geselle schon, den man abends auf dem Dach seines Hauses auf- und abgehen sah, den Leuten auf der Straße den Anschein erwekkend, nur sein großer Kopf laufe über das Dach. Also nicht allein Goethe in Tante Elses Büchlein, auch dieser kleine Muck aus dem Märchen hatte einen zu großen Kopf! Was mir aber bei Goethe erst viel später bewußt wurde, lernte ich schon als Fünfjähriger von dem kleinen Muck: Sein großer Kopf verhalf ihm zu seinem Glück.

Doch sich dieses Glücks bewußt zu werden, mußte er einen weiten Weg zurücklegen. Nachdem die harten Verwandten den armen Kleinen, ihm ratend, sein Glück in der großen Welt zu finden, aus dem Hause gejagt hatten und er im abgeschnittenen Rock seines verstorbenen Vaters, mit übergroßem Turban, überbreiten Hosen und einem überlangen Damaszenerdolch in die Welt unterwegs war, schien es, als winke ihm das Glück schon recht bald. Voller Hoffnung, im Sonnenschein glänzende Scherben am Boden würden sich in Diamanten verwandeln, eilte er in eine fremde Stadt, wo er im Haus der Frau Ahavzi eine Stellung als Bedienter fand. Ich erinnere mich mit Rührung an eine Illustration aus dem Märchenbuch: Darauf sitzt Klein-Muck inmitten einer Schar von Katzen und Hunden, die er für Frau Ahavzi versorgen muß. Ein Kätzchen zu seiner Linken trinkt aus dem Milchnapf, ein anderes zu seiner Rechten schmiegt sich in seinen Arm, und ein winziges drittes schlüpft ihm gerade zwischen den Beinen hervor. Die Hündchen wälzen sich unter den Bommeln einer Alkovendecke im weichen Pfühl von Kissen und Decken. Sie gleichen den Katzen aufs Haar, und auch diese sehen aus, als seien sie der Hunde Geschwister. Im Hintergrund, schemenhaft in ihren Alkoven geduckt, kauert Frau Ahavzi und betrachtet das Treiben der Katzen und Hunde mit ernstem Blick. Auf diesem Bild ist der Kopf des kleinen Muck allerdings nicht so groß, wie ich ihn mir nach Großvaters Beschreibung vorgestellt hatte – vielleicht wollte der Illustrator die Übertreibung ins Groteske vermeiden, hatte dabei aber einen Grundsatz des Erzählens außer acht gelassen, daß nämlich im Übertreiben das Wesentliche um so wahrhaftiger hervorgekehrt wird und die Übertreibung für das Märchen das Salz in der Suppe ist. Zwei Federn schmücken Mucks Turban, eine lange breite und eine kurze schmale – der Turban bauscht sich um den kindlichen Kopf, womöglich verbirgt er einen breiteren Schädel, als ich auf den ersten Blick vermutet hatte.

Sein Glück konnte der kleine Muck in dieser amüsanten Menagerie dennoch nicht finden. Die falschen Katzen verpetzten ihn bei Frau Ahavzi, indem sie logen und behaupteten, nicht sie selbst, sondern er hätte beim Herumtoben in den Zimmern das schöne Geschirr zerbrochen. Nur eins der braven Hündchen war auf seiner Seite, wollte ihm zu Lohn und Reisegeld verhelfen, das Frau Ahavzi ihm verweigert hatte. Doch beim Suchen nach dem verdienten Lohn und Reisegeld zerbrach Klein-Muck einen unbezahlbaren Kristalldeckel, schlüpfte rasch, vor Angst ertappt zu werden, in ein Paar mächtig große Pantoffeln, griff sich flugs ein Spazierstöckchen aus der Ecke und floh Hals über Kopf. Wäre ihm aber das Hündchen nicht im Traum erschienen, ihn vom rechten Gebrauch der Pantoffeln und des Stöckchens zu unterrichten, er hätte von selbst nicht herausbekommen, daß sie zauberkräftig waren: das Stöckchen eine Art Wünschelrute für vergrabene Schätze und die Pantoffeln richtige Siebenmeilenstiefel zum siegbringenden Wettlauf.

Doch was half's, Wunderpantoffeln und Zauberstöckchen nutzten ihm am Ende so wenig wie Siegfried seine unverwundbare Hornhaut und Achill sein erzgeschmiedeter Harnisch. Der heimtückische Feind findet immer den wunden Punkt: Hagen die Lindenblattstelle, durch die er seine Lanze in Siegfrieds Herz bohrt, und Paris die offene Naht der Knöchelschiene, durch die er den von Apollo gelenkten Pfeil in die Ferse des Achilles schießt. Den kleinen Muck traf es zwar nicht so plötzlich wie den kämpfenden Helden, er mußte länger und qualvoller leiden, weil die seelischen Erschütterungen nicht soviel wie die heroischen Tode auf dem Schlachtfeld gelten. Klein-Muck geriet unter die Neider, deren unheilvolle Giftpfeile den tödlichen in nichts nachstehen. Diener und Hofschranzen mißgönnten ihm den Sieg im Schnellauf und sahen seine Verdienste als königlicher Schatzgräber mit scheelen Augen an. Sie beschuldigten ihn der Speichelleckerei, der Falschmünzerei und des Diebstahls, und nur mit großer Mühe gelang es ihm, den König von seiner Unschuld zu überzeugen. Zwar wurden ihm Freiheit und Leben geschenkt, doch die Pantoffeln und das Stäbchen mußte er bei seiner schmachvollen Ausweisung in der Schatzkammer zurücklassen.

Auf Zaubermittel, die einem in den Schoß fallen, ist kein Verlaß! Auch wenn die Zaubergeige des deutschen Knechts den Juden im Dorn springen läßt, auch wenn Aladins Wunderlampe Berge und Paläste versetzt: Der über allen irdischen Zwängen und Gebrechen schwebende Held kann auf seine Erfolge nicht stolz sein. Nur was man aus eigener Kraft gewinne, sei es wert, daß man darauf sein Leben baue, heißt der Leitsatz der deutschen Pädagogik – und auf ihrer Spur führt Wilhelm Hauff den kleinen Muck aus der Gesellschaft der Neider und Liebediener heraus und läßt ihn seine Torheit verwünschen, die ihm eine bedeutende Rolle bei Hofe nur vorgespielt hatte. Sollte er aber zugrunde gehen, nur weil er so arglos gewesen, sein Glück auf ein Paar wundertätige Pantoffeln und ein zauberkräftiges Spazierstöckchen zu setzen? Hauff erzählt: »Als er über die Grenze war, verließ er die gewöhnliche Straße, um die dichteste Einöde der Wälder aufzusuchen und dort nur sich zu leben.«

Zum ersten Mal besinnt sich der kleine Muck auf sich selbst. Eine sonderbare Gestalt in einem sonderbaren Aufzug betrachtet ihren Leib, der sich im Wasser des Bachs spiegelt – und denkt sich ihren Teil dabei. Muck sieht, was er schon lange weiß: Er ist klein gewachsen, ein Zwerg, ein Gnom, ein Kobold, dessen mißförmiger Körper die Straßenjungen zum Lachen bringt. Man muß nicht so klein sein wie der kleine Muck, um zu den Kleinen zu gehören, die ja mehr und mehr in die Minderzahl geraten. Für einen gestandenen Mannskerl bin ja auch ich klein gewachsen, etwa so groß wie Goethe und auch Sitzriese wie er. Doch die Kleingeratenen haben unschätzbare Vorzüge, die sie wie sichere Trümpfe ausspielen. Ihnen ist zum Beispiel das bessere Verstecken möglich, das darf man nicht unterschätzen! So war der königlichen Garde 1870 im Kirchhof von St. Privat das Verstecken versagt, die kleingewachsenen Franzosen verbargen sich hinter der niederen Kirchhofsmauer und töteten die darüber hinausragenden preußischen Gardisten bis auf den letzten Mann, worüber der König in bitterste Tränen ausbrach.

Aber auch andere Vorteile gleichen die scheinbaren Mängel der Kleinwüchsigen, der Feingliedrigen, der körperlich Empfindsamen aus. Hat man je einen Mann von Gardemaß gesehen, der es verstanden hätte, einen Fußball mit solch zauberischer Eleganz zu behandeln wie Maradona? Warum ist es nicht ein Hüne gewesen, der das feingesponnene Wechselspiel bewegter Körper in Zeit und Raum entdeckt hat, sondern ein zarter, Violine spielender Feingeist wie Albert Einstein? Nicht irgendein Kraftprotz hat die vertraute Nähe der Pariser Bordell- und Varietémädchen gefunden und konnte ihr heikles Innenleben sichtbar machen: Es war der Maler Toulouse-Lautrec, zu klein, zu schwach, zu kränklich, um es mit den Zuhältern von Montmartre aufzunehmen.

Es ist nicht jeder gerade gewachsen, hat einen schönen Kopf und wohlgeformte Fingernägel, so daß er sich um sein Weiterkommen keine Sorgen machen muß; all diesen kleinen Mucks aber, ob durchtriebene Napoleons oder spaßhafte Liliputaner, ob zu kurz gekommene Eigenbrötler oder ichbezogene Künstler, bleibt nichts anderes übrig, als in sich hineinzuhorchen und ihren Leib um Rat zu fragen. »Das Ich: das redet vom Leibe, und es will noch den Leib, wenn es dichtet und schwärmt und mit zerbrochnen Flügeln flattert«: Friedrich Nietzsche, ein entfernter Vetter des kleinen Muck, schon im Kindesalter ernst und einsam, am rätselhaften Hirntod des Vaters und an den gräßlichen Vorboten seines eigenen Wahnsinns leidend, hatte lebenslang ein wachsames Auge auf seinen Leib geworfen. »Leib bin ich ganz und gar, und nichts außerdem«, läßt er Zarathustra den Verächtern des Leibes predigen, »und Seele ist nur ein Wort für ein Etwas am Leibe.« Der Geist, sagt er, sei ein kleines Werk- und Spielzeug der großen Vernunft, und »die sagt nicht Ich, aber tut Ich«. Gründlich mißverstanden und häufig fehlgedeutet, verheißt er einen empfindsameren Übermenschen, als ihn ein halbes Jahrhundert später die Verfechter des Herrenmenschentums erstrebten. Nietzsche denkt beim Übermenschen an Goethe, der bis ins hohe Alter einen harmonischen Menschen, *Geistigkeit in Wohl-Sein und Wohl-Wollen*, verkörpert habe: »Wie Beethoven *über* die Deutschen weg Musik machte, wie Schopenhauer *über* die Deutschen weg philosophierte, so dichtete Goethe seinen Tasso, seine Iphigenie *über* die Deutschen weg.« Das ist in Wahrheit Nietzsches Bild vom *Über*menschen, der die besonderen Eigenheiten des Leibes bedenkt und seine Lehren daraus zieht: »Vom Leib ausgehen und ihn als Leitfaden benutzen.« Noch im letzten Überschwang seiner Ideen versucht er den erlösenden Leitfaden zu finden: »Hinter deinen Gedanken und Gefühlen, mein Bruder, steht ein mächtiger Gebieter, ein unbekannter Weiser – der heißt *Selbst*. In deinem Leibe wohnt er, dein Leib ist er.«

Auch der kleine Muck, in die Wälder geflohen, »um dort *nur sich* zu leben«, sogar den Tod zu erwarten, greift im letzten Augenblick nach dem rettenden Leitfaden seines Leibs. Doch nicht sein kleiner Rumpf und nicht seine kleinen Beine sind es, die er nutzt, es ist sein großer Kopf. Bevor er aber die Kräfte seiner grauen Zellen umwandeln und anwenden kann, muß er die Lektion lernen, sie richtig zu gebrauchen. Was geschieht? Und welche Konsequenzen zieht er aus einem folgenschweren Ereignis, das ihn zum letzten Mal befähigt, seine Lebenslage durch Zauberkünste zu meistern? Es sind aber nicht mehr Gegenstände der unbelebten Natur, Pantoffeln aus Damast und ein Spazierstöckchen aus Mahagoniholz, die ihm überirdische Kräfte verleihen, nun sind es türkische Feigen mit ihrem geheimnisvollen organischen Verwandlungsstoff: Er geht durch den Magen ins Blut, stülpt das Innere nach außen und das Äußere nach innen.

Nach dem Verzehr einer Handvoll köstlicher Feigen von dem Baum, unter dem er geschlafen hatte, wachsen ihm zwei gewaltige Ohren und eine dicke, lange Nase, die sich nach dem Genuß einer zweiten Portion Feigen von einem anderen Baum später wieder zurückbilden. Es waren dramatische Handlungen, die sich unter diesen Feigenbäumen abgespielt haben. Ihr erregender Moment war der Blick des kleinen Muck in den Wasserspiegel des Bachs, der ihm die dicke Nase und die langen Ohren zurückwarf, ihr Umschwung war der lebensentscheidende Ausruf: »Ich verdiene Eselsohren, denn ich habe mein Glück wie ein Esel mit Füßen getreten!« Eine Selbsterkenntnis, wie sie sonst nur in den klassischen Dramen zu hören ist. »Da steh ich, ein entlaubter Stamm!« ruft Wallenstein in ähnlicher verzwickter Situation aus, was sich allerdings, in verhängnisvoller Lebenslage ausgesprochen, heroischer anhört als die banale Einsicht, einen Esel aus sich gemacht zu haben. Während der tragische Held hilflos auf der Bühne steht und sich, bedrängt von vertrackten Zeit- und Lebensumständen, nicht zu einer Tat entschließen kann, hockt der kleine Muck gewitzt unter einem Feigenbaum und läßt in seinem Kopf die Geistesblitze zucken.

Sein großer Kopf spinnt den Leitfaden seines Leibs aus, an dem er sich aus der Misere seines ersten Lebens ins Glück seines zweiten Lebens zieht. Klein-Muck ist einer mit viel Hirn im Schädel, ein Eierkopf, wie seinesgleichen beschimpft wird, ein armer Hirnhund, wie Gottfried Benn den von Gewissensbissen verfolgten Intellektuellen nennt. Wie Goethe und Einstein mit ihren großen Köpfen ist der kleine Muck ein Außenseiter: wie Goethe ein Individualist, »ich habe nie gefragt, was will die große Masse und wie nütze ich dem Ganzen«, wie Einstein ein Original, »ich bin ein richtiger Einspänner, der dem Staat, der Heimat, dem Freundeskreis, ja selbst der engeren Familie nie mit ganzem Herzen angehört hat.« Der kleine Muck ist darüber hinaus das Musterbeispiel des Gehirnakrobaten, der Zehengänger in Wunderpantoffeln, der Hexenmeister mit dem Zauberstab, der kraft des Fruchtfleischs der Feige Menschenohren in Eselsohren und Menschennasen in Kamelnasen verwandeln und diese Eselsohren und Kamelnasen wieder in Menschenohren und Menschennasen zurückverwandeln kann. Mit allen Wassern der Verwandlungskunst gewaschen, beherrscht er die Kunstgriffe der kosmetischen Korrektur: Indem er die verborgenen Kräfte der Feige entfaltet, verunstaltet und verschönt er nach Belieben, doch nur die Braven kuriert er von den schrecklichen Entstellungen, die er selbst verursacht.

Die einen Hosen- und Rocktaschen vollgestopft mit Feigen, die lange Ohren und eine dicke Nase machen, die anderen mit Feigen, die Eselsohren und Kamelnasen wieder zurückverwandeln, zaubert er vor dem König und den Hofschranzen wie der Magier im Varieté. In feingeschneidertem Gelehrtenrock, über dessen Kragenspiegel ein langer künstlicher Ziegenbart bis zur halben Brust hinabreicht, tritt er auf und zelebriert mit theatralischen Gebärden seinen artistischen Akt. Prinzen und Prinzessinnen, Hofdamen und Wesire, aber auch der König selbst, nach Genuß der Feigen zu Spottgestalten entstellt, sitzen erschrocken da und harren der Rückverwandlung durch den geheimnisumwitterten Arzt aus der Fremde.

Weiß der Teufel, welche Kräfte in der türkischen Feige stecken! Und was nicht alles Menschenmögliche erdacht worden ist, diese Kräfte täuscherisch zu nutzen! Der Botaniker kennt den von alters her praktizierten Feigentrick: Blühende Zweige der wilden Feige zu blühenden Zweigen der veredelten Feige gehängt, locken Wespen an, beide Zweige gierig zu bestäuben. Wer sagt uns, ob nicht außer dieser Kaprifikation viel raffiniertere Fikationen erfunden wurden, nicht nur die Wespen, sondern die Menschen in undurchschaubare Verwandlungsspiele zu locken! Der kleine Muck, in Gestalt des Zauberkünstlers, verteilt die Feigen der zweiten Sorte, und da bisher nichts geholfen hat, den Schrecken zu bannen, weder Pillen noch Mixturen, noch kostspielige Ohren- und Nasenoperationen, essen alle im Saal davon. Und siehe da: Ohren und Nasen schrumpfen, nur die Ohren des Königs nicht. Er hatte die Verdienste des kleinen Muck nicht belohnt, weder die Verdienste als königlicher Leibläufer noch jene als königlicher Schatzbewahrer; er hatte sich undankbar gezeigt und ihn verstoßen.

Da reißt der Magier den falschen Bart herunter und ruft: »Die Ohren laß ich dir zurück, damit sie dich täglich erinnern an den kleinen Muck!« Kein Wort von Rache! O nein, der kleine Muck möchte nicht Böses mit Bösem vergelten! Er zieht viel lieber ein magisches Spielchen auf, in dem es turbulent zugeht, Damen und Herren die Nerven und den Kopf verlieren. Gibt es etwas Amüsanteres, aber auch Mitleiderregenderes als einen Bösewicht, der sein ganzes Leben lang mit Eselsohren herumlaufen und sich dabei erinnern muß, daß er treue Dienste mit Undank belohnt hat? Ohne ein weiteres Wort läßt der kleine Muck den König zurück, schlüpft in die Pantoffeln, ergreift das Spazierstöckchen, dreht sich auf dem Absatz um und macht sich aus dem Staube. Die Stadt, in die er entflieht, ist seine Heimatstadt Nizäa am Hellespont, wo man ja schon am Anfang der Geschichte über den Zinnen seines Hauses den großen Kopf erblickt hat. Dort lebt er, wie Goethe ein Einzelgänger, wie Einstein ein Sonderling, wie beide ein Spötter der gesellschaftlichen Betriebsamkeit, »in großem Wohlstand, aber einsam, denn er verachtet die Menschen«. Wilhelm Hauff erzählt: »Er ist durch Erfahrung ein weiser Mann geworden, welcher, wenn auch sein Äußeres etwas Auffallendes haben mag, deine Bewunderung mehr als deinen Spott verdient.«

Man kann nun die Geschichte drehen und wenden, wie man will, und auf vielerlei Art wiedererzählen: An diesem großen Kopf kommt niemand vorbei! Mein Großvater vom Hunsrück, der es nie dabei bewenden ließ, eine Geschichte zu erzählen, ohne die passende Moral anzuhängen, kannte Nietzsches Leitfadenidee nicht. Sein Leitfaden war die protestantische Erziehungslehre des ausgehenden neunzehnten Jahrhunderts, ihm galt einzig die Maxime: Tue recht und scheue niemand! Samstagnachmittags, wenn er den Gehsteig gekehrt und das Messing geputzt hatte, las er Luthers Predigten in seiner Goldschnittausgabe der Reformationsgeschichte. Großvater verfocht das Recht der Obrigkeit, »die Untertanen zu zwingen, ihre Kinder zur Schule zu halten«, und vertrat energisch den Erziehungsgrundsatz: Wer sein Kind liebt, der straft es! Großvater erzählte die Geschichte vom kleinen Muck, als sei sie der volkstümliche Kommentar zu einem Rechtsverfahren, in dem ein zu Unrecht Verurteilter und Verstoßener seine Wiedergutmachung selbst in die Hand nimmt. Im kleinen Muck erkannte er den Rächer aller Klumpfüße, Schiefmäuler und Triefaugen, die er in tapferer Zivilcourage gegen Hohn und Spott in Schutz nahm. »Selber schuldig ist der Tat, wer nicht straft die Missetat«, sagte er in lutherischer Unerbittlichkeit und führte uns beispielhaft vor, in welchen Höllenfeuern der kleine Muck gebraten worden wäre, hätte er dem König nicht die gerechte Strafe verpaßt. Großvater ließ meinen Bruder und mich nicht eher von den Knien herunter, bis er unsere Beteuerung laut und deutlich vernommen hatte: Der schändliche König trägt zu recht die häßlichen Eselsohren.

Die Literaturwissenschaftler haben es sich in den Kopf gesetzt, die Geschichte vom kleinen Muck wieder ganz anders zu erzählen. Ein Philologe aus Stuttgart geht sogar so weit, dem kleinen Muck ein heißerstrebtes Vorankommen im Leben zu bescheinigen. In zitatfreudiger Gelehrtensprache nennt er die Geschichte eine *Konzeption der Arrivierung*: Darin ist ein Glücksritter in Zwerggestalt eifrig bestrebt, seine Mitbewerber im wirtschaftlichen Konkurrenzkampf mit allen Mitteln auszuschalten. Dieser Wettstreit wird als *pragmatischer Handlungsakt* um ein *ästhetisch-sittliches* Ideal ausgelegt, so daß der arme Muck, statt sein entwirrendes Leitfadenspiel aufzunehmen, sich in komplizierte literaturwissenschaftliche Erklärungen verstricken muß: Neben der kontemplativen entwickele sich die tätige Handlung, neben dem Spiel eine utilitaristische Intention. Zum Glück ist der kleine Muck aber nicht papierenen wissenschaftlichen Konzepten, sondern den Signalen seines Leibs gefolgt. Sein selbständig gewordener großer Kopf hat nicht den neoliberalen Wirtschafter, er hat den Abenteurer, den Zauberkünstler, den Prinzen Vogelfrei hervorgebracht: *im Spiel!*

Fritz Fischer, der Illustrator aus Unterwiesenthal, erzählt die Geschichte vom kleinen Muck in Bildern. »Ich kenne das Märchen aus dem Effeff, liebe es seit Jahren wegen seiner Anspruchslosigkeit«, schrieb er an Herrn Michael vom Insel Verlag, »und als Zeichner hat es mich immer wegen der vielen Bewegungsmotive gereizt.« So habe er in nur wenigen Tagen, gewissermaßen als Zwischenaktmusik, 3 Lagen (je 1 Bogen) mit Zeichnungen gefüllt, die er dem Verlag zur Veröffentlichung offeriere. Fischer, sein Leben lang mit der

Literatur verbunden, illustrierte Geschichten von Edgar Allan Poe und E.T.A. Hoffmann, Ludwig Tieck und Gottfried Keller, Morgenstern und Andersen – und immer kam es ihm darauf an, mit seiner spitzen Feder das Wunderliche, ja Verschrobene zu betonen. Der kleine Muck, die komische Figur aus dem Märchen, ist zur Symbolgestalt des einsamen Weisen geworden, der am Rande der Gesellschaft seine Späße und Spiele treibt. Fritz Fischer betrachtet ihn von vorn: Mit seinem großen Turban wirkt er wie ein verkleideter Liliputaner, der die Zirkusarena betritt, alle Zuschauer zu verzaubern. Fritz Fischer betrachtet ihn von hinten: Mit den großen Pantoffeln sieht er aus wie ein exotischer Skispringer, der eben die Schanze verlassen hat, sich in unermeßliche Höhen zu erheben. Und von der Seite betrachtet, erscheint der bärtige Kopf mit mächtigem Ring im Ohr und gewaltiger Pfeife im Mund hinter den Dachzinnen seines Hauses, rumpf- und beinlos, als bestünde er tatsächlich nur aus Kopf. Diesen kleinen Riesen stellten wir uns bei Großvaters Erzählung wie von

Fritz Fischer gezeichnet vor – großkopfig und unnahbar: Doch das kann ich erst heute versichern, fünfundsechzig Jahre später, nach meinem ersten Blick auf die unveröffentlicht gebliebenen Blätter. Fritz Fischer nutzte alle Spielarten des Übertreibens: Der Spieler mit der Zeichen- oder Schreibfeder läßt seiner Phantasie freien Lauf, knüpft einen aufgelesenen Leitfaden mit anderen bunten Fäden zu seiner Ideenkette zusammen. Aus einem Einfall erfindet er ein Weltsystem. Die poetische Logik gehorcht keinem Kausalgesetz.

Ein viel zu großer Kopf braucht eine noch größere Kopfbedeckung. Das wußte Fritz Fischer aus künstlerischer Erfahrung. Deshalb setzte er dem kleinen Muck einen Turban auf den Kopf, der dem Kleinen, stellte er sich daneben, von den Schuhsohlen bis zur Halskrause reichen würde. Wenn es um Kopfbedeckungen ging, war Fritz Fischer in seinem Element! Er zeichnete Panama- und Florentinerhüte, Schirmkappen und Zipfelmützen, Sombreros und Kalabreser, und so hat er auch dem vergnügten Schulmeisterlein Maria Wutz aus

Auenthal für jede Gelegenheit die passende Kopfbedeckung aufgesetzt: eine Pudelmütze, die ihn in einen Gelehrten, eine Schlafmütze, die ihn in einen Kauz verwandelt. Des Schulmeisterleins mächtiges Dichterhaupt, worin die kuriosesten Gedanken hausten, förderte philosophische und literarische Werke zutage, die der Leipziger Messekatalog angezeigt hatte. Lavaters physiognomisches Werk brachte er zustande, indem er »drei Wochen lang nicht vom Sessel wegging, sondern an seinem eigenen Kopfe so lange zog, bis er den physiognomischen Fötus herausgebracht«.

Schulmeisterlein Wutz vertraut nur seinem eigenen Kopf – wie der kleine Muck hört er auf das, was seine Ohren hören, und versteht Wunderdinge, die der Zauberkünstler Muck sogar vollbringen kann. In Fritz Fischers Federstrichen könnte man die beiden für Brüder halten, manchmal gleichen sie sich wie Zwillinge. So gern ich ihr Drilling wäre, ich darf Klein-Mucks Turban oder Schulmeisterlein Wutzens Pudelmütze nicht aufsetzen, denn mit einem Hut auf dem Kopf stieße ich an

Thomas Manns Münchner Türsturz, der Dienstboteneingang verlöre sein Ansehen der hohen Pforte, und ich stünde da wie der Ochs vorm Scheuertor.